KB184267

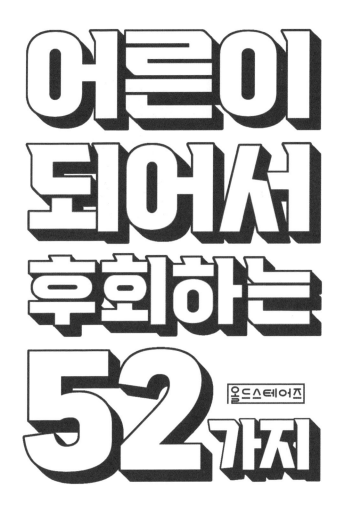

어른이 되어서 후회하는 52가지

올드스테어즈

저자 선진호 외 100명의 어른들

머리말

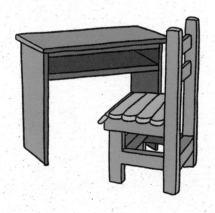

"부모님 말씀, 선생님 말씀 잘 들어라!"

우리가 어렸을 때 어른들에게 많이 듣던 말입니다.

당연히 그럴 수밖에요. 정말 중요한 말이니까요.

그런데 어른이 된 우리 중에 그 말씀을 새겨듣지 않은

것을 후회하는 사람은 많지 않은 것 같습니다.

그도 그럴 것이,

"어렸을 때 어른들 말씀 더 잘 들을 걸 그랬어.

정말 후회해"라고 말하는 사람은 거의 없으니까요.

그렇다면 우리는 과연 무엇을 후회하고 있을까요?

십 년, 이십 년 전으로 타임머신을 타고 돌아가는

드라마가 유행하고 있습니다.

"지금 알고 있는 것들을 그때도 알았다면

얼마나 좋았을까?"라는 바람을, 드라마를 통해

간접적으로 이루려 함이겠죠.

저는 이 바람을 실제로 이루어 보고 싶었습니다.

드라마가 아닌, 우리의 아이들을 통해서 말이에요.

한 번도 들어 본 적 없고, 고민해 본 적도 없는

문제 때문에 성인이 되어 큰 벽에 부닥치지 않도록.

최소한 스스로 '선택'이라는 걸 할 수 있도록.

우리는 아이들에게 말해 줘야 합니다.

어른들의 말씀을 잘 들어야 한다고요.

하지만 사실 우리 모두 알고 있죠.

그 나이 때는 어른들의 이야기가

귀에 들어오지 않는다는 걸요.

그저 듣기 싫은 잔소리로 느껴질 수도 있겠지만,

그래도 모르는 일입니다.

진심으로, 또 진심으로 이야기하다 보면

우리 아이들에게 그 마음이 전달될 수도요.

그런 진심이 담긴 책을 쓰기 위해

수많은 어른을 만났습니다.

52개의 후회를 찾아가는 여정에

100여 명의 어른들이 함께 해 주었죠.

제가 만난 어른들의 후회는 각양각색이었습니다.

대부분 우리가 어렸을 적에

고민조차 하지 않았던 문제를 후회하고 있었죠.

이를 겪으면서 저는 확신했어요.

아이들에게 꼭 필요한 이야기로 가득 찬

책을 만들 수 있으리란 것을요.

제가 다시 초등학생이 될 수 있다면,

이 책을 꼭 가져가서 친구들과 함께 돌려 볼 거예요.

아이들을 향한 어른들의 '진심'이 담긴 이야기니까요.

선 진 호

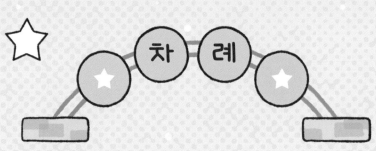
차 례

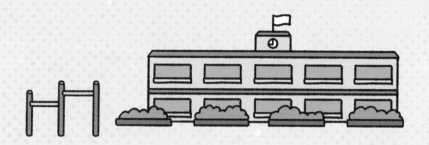

1 모두에게 사랑받을 필요는 없어.

초등학교 때, 같은 반에 날 싫어하는 친구가 있었어. '왜 나를 싫어할까?', '이렇게 하면 날 좋아하게 될까?' 이런 생각들을 하면서 그 친구의 눈치를 봤지.

그런데 나중에 생각하니, 누군가가 날 싫어하는 걸 신경 쓸 필요는 없더라고. 만약, 내가 말이 많은 사람이라면 시끄럽다고 싫어하는 친구도 있고, 말재주가 뛰어나다며 좋아하는 사람도 있을 거야.

만약, 내가 말이 적은 사람이라면 재미없다고 싫어하는 친구도 있고, 진중하다며 좋아하는 친구도 있을 테지. 결국, 내가 어떻게 행동하든 누군가는 나를 싫어하게 되어 있어.

만약에 내가 다시 초등학생이 된다면 날 싫어하는 사람들 눈치를 보진 않을 거야. 누가 뭐라고 하든, 나답게 행동할래.

좋은 친구!

무슨 생각하는지
모르겠어

너무 착한 척해

정말 친절해

말하는 게 재밌어

지루해!!

악기를 연주할 수 있다는 건.

초등학생 때 잠깐 피아노를 배운 적이 있어. 그런데 매일 연습을 해야 한다는 게 정말 힘들더라. 같이 배우는 내 친구는 피아노 치는 게 즐겁다는데, 나는 그저 공부처럼 느껴졌어.

그래서 금방 그만뒀지. 피아노를 전공 할 게 아니라면, 사실 별 의미 없다고 생각했거든.

하지만 악기를 다룰 줄 안다는 건 굉장히 멋진 일이야. 연주를 통해 나를 표현할 수도 있고, 사랑하는 사람의 생일이나 결혼식에 멋진 연주를 들려줄 수도 있을 테니까.

만약에 내가 다시 초등학생이 된다면 음악의 즐거움을 느끼려고 노력할 거야. 그리고 나와 잘 맞는 악기를 찾아볼래. 매일 부담을 가지고 연습하기보다, 악기와 평생 함께할 생각으로 즐겁게 연주할 거야.

3 나만의 '인생 책'을 찾을 거야.

인생을 살다 보면 다양한 일들이 있지. 고민해서 선택을
하고, 그 선택을 후회하기도 하고, 그러다 누군가에게
상처를 받기도 해. 그럴 때 잠시 위안이 돼 주고,
고민을 해결해 줄 수 있는 책
한 권이 있다면 어떨까?

시집, 소설, 산문, 어떤 책이라도 좋아. 힘들 때는 안식처가, 어려울 때는 조력자가, 외로울 때는 친구가 돼 주는 책 한 권이 있다면 천군만마를 얻은 듯 든든할 테니까!

만약에 내가 다시 초등학생이 된다면 여러 가지 책을 열심히 읽을 거야. 그중에 내 마음의 멘토가 돼 주는 책 한 권을 발견할 거야. 그래서 힘든 일이 있을 때마다 펼쳐 보고 기운을 얻어야지.

4 멋짐의 기준은 내가 정해.

어릴 적엔 멋진 옷을 입은 날에도 나에 대한 확신 없었어. 친구들이 멋지다고 말해 줘야 안심하곤 했지. 지금 생각해 보면 바보 같은 행동이었어. 사실, 멋짐의 기준은 내가 정하는 거잖아?

나 스스로 확신이 있어야, 친구들에게 휩쓸리지 않아. 그게 진짜 내 개성이 되는 거지. 그러면서 세상을 바라보는 기준도 생기는 거고 말이야.

만약에 내가 다시 초등학생이 된다면 나만의 확고한 취향과 주관을 갖기 위해 노력할 거야. 진짜 나다워질 수 있도록 나 자신에 관해서 공부할 거야. 친구들의 의견은 참고만 하고, 결정은 스스로 해야지! 그러면 오히려 친구들이 나에게 조언을 구할걸?

방이 깨끗해야 마음도 깨끗!

나는 초등학교 때부터 방 청소를 정말 싫어했어. 옷도 아무 데나 벗어 두고, 책상 위에는 책과 종이를 아무렇게나 쌓아 놨지.

더러운 방에는 더러운 마음이

그때는 엄마가 치우라고 잔소리해도 듣지 않았어. 왜냐하면 방이 좀 더러워도 내 몸만 깨끗하면 된다고 생각했거든. 그리고 그때의 습관이 결국 어른이 될 때까지 이어졌어.

아침에 입을 옷을 찾을 수가 없어서 지각하기 일쑤이고, 물건을 잘 보관하지 못하니까 쉽게 망가지고 없어지더라. 더러운 방을 보여줄 수 없어서 친구도 데려오지 못했어.

만약에 내가 다시 초등학생이 된다면 방 청소를 매일 열심히 할 거야. 그래서 나만의 정리법을 알아낼 거고, 그걸 습관으로 만들 거야. 방이 깨끗해야 내 정신도, 내 삶도 깨끗해진다는 걸 이제는 깨달았거든.

나 먼저 멋있는 친구가 될래.

나는 초등학교 때 멋진 친구를 사귀고 싶었어. 그 친구에게 잘 보이기 위한 방법이 뭔지 고민하기도 했지.

좋아하는 친구에게 잘 보이려고 한 게 나쁜 건 아니야. 하지만 그보다 더 중요한 것은 나 자신도 멋진 사람이 되는 일이지. 만약에 내가 '자기 생각이 분명하고 당당한 친구'를 사귀고 싶다면? 그런 친구를 찾아 헤맬 게 아니라, 나부터 그런 사람이 되어야 한다는 거야.

만약에 내가 다시 초등학생이 된다면 멋진 친구들 사이를
기웃거리기보다는, 나 먼저 멋진 친구가 될 거야. 그러면 다
른 친구들이 오히려 나에게 다가오겠지?

미래의 나를 위한 일기 쓰기.

나는 방학 숙제 중에 일기 쓰기를 가장 싫어했어. 개학이 코앞에 닥쳐서야 밀린 일기를 한꺼번에 썼지. 쓸 내용이 너무 없어서 날씨 얘기로 꾸역꾸역 칸을 채웠어. 매일 일어나서 씻고, 먹고, 놀고, 자고. '똑같은 하루를 기록하는 게 대체 무슨 의미가 있는 걸까?' 하고 투덜대면서 말이야.

이렇게 억지로 쓴 일기가 내가 쓴 일기의 전부였어. 그리고 어른이 되어서야 깨달았지. 단지 있었던 일을 쓰는 건 '가짜 일기'라는 걸. 그럼 '진짜 일기'는 뭐냐고?

ㅇㅇ년 ㅇㅇ월 ㅇㅇ일

그 당시에 난 무슨 생각을 했는지, 어떤 고민을 하고 있었는지, 무엇을 꿈꾸고 어떤 사람이 되고 싶었는지! 초등학교 시절에 진지하게 써야 했던 건 그런 일기였던 거야. 미래의 나를 떠올리며 편지를 쓰듯 남기는 그런 일기!

만약에 내가 다시 초등학생이 된다면 일주일에 한 번이라도 그런 일기를 쓸 거야. 아니, 한 달에 한 번이라도 좋아. 미래의 나를 위해서라도 의미 있는 일기를 써 둘 거야.

남녀가 하는 일을
구분 짓지 말자.

　나는 운동장에서 뛰어노는 게 좋았어. 정신없이 공을 쫓아다니다 보면 힘든 것도 잊게 됐거든. 그러다 공이 골대 안에 시원하게 들어갈 때면, 하늘을 나는 것처럼 기분이 좋았지. 하지만 그럴 때마다 남자애들이 나를 놀려댔어. 무슨 여자애가 운동장에서 공을 차고 노냐고 말이야.

그런 말이 듣기 싫었던 나는 점점 공을 멀리하게 됐어. '여자애다운 일'을 해 보려고 노력했지. 내가 정말 하고 싶은 게 아닌데도 말이야.

만약에 내가 다시 초등학생이 된다면 남녀가 하는 일을 따로 구분 짓지 않을 거야. 축구든 인형 놀이든 내가 하고 싶은 걸 할 거야. 놀려대는 아이들의 시선 때문에 내가 좋아하는 일을 포기하지 않을 거야.

쉿! 비밀은 지키라고 있는 것!

나는 친구의 비밀을 다른 친구에게 말하곤 했어. 분명히 처음 비밀을 들었을 때는 절대 말하지 않을 생각이었거든? 그런데 자꾸 입이 근질거려서 참을 수가 없는 거야.

그러다 보니, 친구들이 점점 나를 피하기 시작했어. 반면에, 입이 무거운 아이 옆에는 친구들이 바글바글해졌지.

쉿! 비밀인데...

생각해 봐. 친구 사이에는 신뢰가 가장 중요한데, 내가 그 걸 깨 버렸으니 모두 나를 싫어할 수밖에!

그제야 나는 아차 싶었어. 그때부터 비밀을 꼭 지키기로 다짐했지만, 한번 잃어버린 신뢰를 되찾기는 쉽지 않았지.

만약에 내가 다시 초등학생이 된다면 내 인생이 달렸다고 생각하고 비밀을 꼭 지킬 거야. 친구들이 준 믿음을 소중히 하는 사람이 되겠어.

10
하루 3번, 재밌는 양치질 시간.

내가 초등학생 때 가장 좋아했던 건? 달콤한 간식! 반대로 가장 싫어했던 건? 바로 양치였어. 이렇게 귀찮은 일을 매일 3번씩 해야 하다니! 양치 없는 세상에서 살고만 싶었어. 그러다 나중에야 깨달았지. 이가 아픈 거에 비하면 양치는 정말 즐거운 일이라는 걸!

으아악!

충치 살려

충치를 치료하러 치과에 갔는데, 이가 얼마나 시리고 아픈지! 눈물이 찔끔 나왔지. 돈도 엄청나게 많이 들어. 나중에 그런 치료조차 어려우면 '임플란트'라는 수술을 받아야 하는데, 턱뼈에 인공치아를 박아 넣는 무시무시한 일이야.

만약에 내가 다시 초등학생이 된다면 매일 매일 열심히 양치질을 할 거야. 귀찮은 일이 아니라, 입안이 상쾌해지는 즐거운 일이라고 생각하면서 말이야.

이거나 받아라!

11 우정만큼 소중한 건 없어.

  한때는 절친한 친구였지만, 사소한 일로 싸우는 바람에 서먹해진 친구가 있어. 딱히 별일은 없었는데, 자연스럽게 멀어진 친구도 있지.

내가 정말 미안해…

둘의 공통점은, 자존심이 상해서 내가 먼저 말을 걸지 않았다는 점이야. 그런데 성인이 되고 나니까 오랜 시간을 함께한 친구는 정말 소중하더라고. 이 사실을 깨달았을 때, 이미 그 친구들은 곁에 없더라.

만약에 내가 다시 초등학생이 된다면 친구와의 우정을 끝까지 지킬 거야. 싸우게 된다고 해도, 자존심 세우지 않고 내가 먼저 사과할래. 친구와의 우정은 정말 소중하니까.

그럼 우리 화해하자!

영어를 배우는 이유.

영어는 왜 배우는 걸까? 초등학생 시절, 나는 그 이유를 몰랐어. 단어 외우기는 지루하고 따분하기만 했지. 그리고 어른이 되어서야 영어의 중요성을 깨달았어. 영어는 세계 공용어잖아? 영어를 할 수 있어야 자유롭게 해외여행도 하고, 외국인 친구도 사귈 수 있어.

영어뿐만 아니라, 중국어나 스페인어 같은 다른 나라 언어를 배우는 것도 좋아. 성인이 돼서 언어를 공부하려고 하면, 아직 뇌가 말랑말랑한 어린 시절에 공부하는 것보다 훨씬 힘들거든.

만약에 내가 다시 초등학생이 된다면 영어를 비롯한 외국어를 열심히 공부할 거야. 그래서 외국인 친구들을 많이 사귀고, 나중에 어른이 된 다음에는 그 친구들의 나라로 여행을 가야지!

내 허리가 휘어있다니!

어른이 돼서 어느 날 알게 된 충격적인 사실! 내 척추가 휘어있대! 그런데 알고 보니 나뿐만이 아니었어. 계속 안 좋은 자세를 하는 바람에, 허리가 휘어있는 어른이 많다는 거야.

이를 척추 측만증이라고 하는데, 허리는 한 번 휘기 시작하면 되돌리기가 힘들대. 허리가 휘면 보기에도 안 좋고, 통증도 생길 수 있어. 게다가 몸속 장기의 건강에도 영향을 미친대. 좌우의 압력이 달라지기 때문이야.

만약에 내가 다시 초등학생이 된다면 의자에 바르게 앉을 거야. 허리를 똑바로 세우고 어깨는 당당히 펴는 올바른 자세로 말이야.

14
오랫동안 인기쟁이 되는 법.

  나는 인기쟁이가 되고 싶었어. 그래서 엄마에게 최신 휴대폰이나, 브랜드 운동화를 사 달라고 졸랐지. 그러면 아이들은 한 번만 구경하자면서 내 주위로 몰려들었어. '부럽다', '멋있다' 이런 말들은 달콤했지만, 그런 인기는 금방 시들해졌어.

얘들아, 내 신발 더 안 봐?

반면에 공부를 잘하거나, 운동을 잘하거나, 노래를 잘하는 아이들의 인기는 쭉 계속되더라. 물건은 금방 질리지만, 개인의 능력은 무궁무진하기 때문이야. 나는 그걸 몰라서 어른이 돼서도 뭔가를 사는 걸로 인기를 얻으려 했어.

만약에 내가 다시 초등학생이 된다면 내가 가진 능력을 열심히 발전시킬 거야. 그게 무엇이든지 말이야. 그래서 잠깐이 아니라, 오랫동안 인기쟁이가 될 거야.

15 스트레칭을 매일 했더니?

어렸을 때는 누구나 몸이 유연해. 몸이 굳어서 쥐가 나거나, 어깨에 담이 오는 일도 드물지. 그래서 나는 미처 알지 못했어. 유연한 몸의 소중함도, 유연함을 유지하려면 꾸준히 스트레칭을 해야 한다는 사실도 말이야.

어른이 된 후, 어느 날부터 다리에 쉽게 쥐가 나고 어깨가 뭉쳐서 자주 피곤을 느끼기 시작했어. 스트레칭을 안 하니, 온몸이 딱딱하게 굳어 버린 거야. 예전처럼 유연한 몸으로 돌아가려고 열심히 스트레칭을 했지만, 이미 굳어 버린 터라 쉽지 않더라.

만약에 내가 다시 초등학생이 된다면 매일 매일 스트레칭을 해서 유연한 몸을 평생 유지할 거야. 스트레칭은 건강에도 좋지만, 사실 하다 보면 기분도 상쾌해지거든. 꾸준한 스트레칭으로 몸도 마음도 말랑말랑한 어른이 되고 싶어.

16

근육맨에 관한 편견.

나는 근육이 많은 사람을 보면 머리가 나쁠 거라고 생각했어. 영화 속 인물들을 생각해 봐. 똑똑한 역할은 덩치가 작은 사람이, 무식한 역할은 꼭 덩치가 큰 사람이 맡잖아? 그래서 나는 근육이 커지는 운동은 하지 않았지. 똑똑해 보이고 싶었거든.

어렸을 때는 이 모든 게 설정에 불과하다는 사실을 몰랐어. 좀 더 크고 나서야 그 편견이 깨졌지. 오히려 근육이 많고 튼튼한 사람이 더 똑똑할 수도 있는 거더라. 운동은 뇌 발달에 큰 도움이 되니까.

만약에 내가 다시 초등학생이 된다면 똑똑해지고 싶은 만큼 운동도 열심히 할 거야. 그리고 근육이 많은 사람들을 존경할 거야. 근육 운동이야말로 엄청난 노력과 인내심이 필요한 일이니까!

17 이성 친구도 내 소중한 친구!

우리 반의 절반은 남자, 절반은 여자였어. 성별은 달랐지만, 친구로 지내고 싶은 멋진 여자애들도 많았지. 하지만 조금 친해졌다 싶으면, 어김없이 다른 친구들이 '둘이 사귀냐'며 놀려댔어.

부럽다…

너네 뭐냐?

얼레리
꼴레리∼

둘이 사귀어? ㅋㅋㅋ

우리는 괜히 창피해서 얼굴이 빨개지곤 했지. 그러다 보니 점점 서로를 멀리하게 됐어. 좋은 친구가 될 수도 있었는데 말이야.

만약에 내가 다시 초등학생이 된다면 친구들의 유치한 놀림 따위에 눈 하나 깜짝하지 않을 거야. 이성 친구들과 보란 듯이 친하게 지내야지! 아마 모두 속으로는 나를 부러워할걸?

우리는 모두 친구!

물속에서 영웅이 될래!

나는 어릴 때 물이 무서웠어. 그러니 수영에는 관심이 없을 수밖에! 그러다가 나중에 어른이 돼서야 수영의 매력을 알게 됐지. 늦게나마 열심히 배웠지만, 초등학생 때부터 배운 애들을 따라가려니 힘들더라.

수영은 건강에도 좋고 재미있어. 무엇보다 바닷가나 수영장에 놀러 갔을 때 다른 사람보다 자유롭게 놀 수 있다는 게 가장 좋아. 혹시 위험한 상황이 돼도 나 스스로를 지킬 수 있고 말이야.

만약에 내가 다시 초등학생이 된다면 수영을 열심히 배워 둘 거야. 폼 나는 접영도 배우고, 돌고래 턴도 배워야지! 아, 그래도 물에서는 항상 조심해야 하는 거 알지?

할머니, 할아버지를
웃게 만드는 법.

어른이 돼서야 깨달은 게 있어. 할머니, 할아버지와 함께 할 수 있는 시간이 생각보다 짧다는 거야. 어릴 때를 생각해 보면 할머니, 할아버지를 자주 찾아뵙지 못한 것 같아. 어떤 얘기를 해야 할지 몰라서 어색했거든.

그런데 할머니, 할아버지를 웃게 해 드리는 건 정말 쉬운 일이었어. 명절에 가서 얼굴만 보여 드려도 좋아하시고, 학교에서 있었던 평범한 얘기만 해도 '우리 강아지!'라고 하면서 웃음을 터뜨리셨거든.

만약에 내가 다시 초등학생이 된다면 할머니, 할아버지가 오랫동안 내 곁에 머물 수 없다는 것을 잊지 않을 거야. 자주 가서, 뵐 때마다 웃게 해 드리기 위해 노력할 거야.

용돈은 계획적으로.

나는 어릴 때부터 부모님께 용돈을 따로 받은 적이 없어. 대신, 쓸 일이 있으면 그때그때 필요한 만큼 돈을 받았지. 준비물을 사야 할 때도, 새로 나온 게임기가 가지고 싶을 때도! 사고 싶은 건 다 샀어.

반면에 주기적으로 용돈을 받는 애들은, 이번 주 용돈을 다 썼다면서 손가락을 빨곤 했지. 그땐 친구들이 이해되지 않았어. 부모님께 돈을 더 달라고 하면 될 텐데, 하며 의아해 했지. 그렇게 어른이 되어 아르바이트를 해서 첫 월급을 받은 날. 난 습관처럼 그 돈을 있는 대로 써 버렸어.

한 번도 돈에 대해서 계획을 세워본 적이 없으니, 경제관념이 전혀 없었거든. 그 탓에 한 달 내내 삼각김밥으로 끼니를 떼우며 지내야 했지.

만약에 내가 다시 초등학생이 된다면 부모님께 용돈을 달라고 할 거야. 일주일, 한 달 단위로 용돈을 받으면서 돈을 계획적으로 써 볼 거야. 그러면 돈을 모으는 재미도 알 수 있고, 돈의 소중함도 느낄 수 있겠지?

21 남들 시선은 신경 쓰지 마.

　나는 초등학교 때 같은 반 친구들의 눈치를 많이 봤어. 어떤 옷을 입을까? 누구와 친하게 지낼까? 어떤 말을 해야 할까? 이런저런 고민이 들 때마다, 반 친구들이 어떻게 생각할지를 먼저 생각했지. 그때는 반 친구들과 사이가 안 좋아지는 게 가장 무서웠거든.

하지만 지금 돌아보면 바보 같은 생각이었어. 왜냐하면 어른이 되고 얼마 지나지 않아 대부분 연락이 끊겼기 때문이야. 아직도 친하게 지내는 친구는 다섯 손가락에 꼽는데, 내가 눈치 보지 않아도 잘 지낼 수 있는 친구들만 남았지! 그 밖에 친구들은? 아마 길에서 우연히 마주쳐도 알아보지 못할 거야.

만약에 내가 다시 초등학생이 된다면 내가 마음속으로 진짜 원하는 것을 할 거야. 반 친구들의 눈치를 보느라, 내가 하고 싶은 걸 포기하지 않을 거야.

몸과 마음이 성장하는 무술.

어린 시절로 돌아간다면 복싱이나 유도를 배우고 싶어. 싸워서 이기는 게 목적이 아니야. 당당함을 위해서지! 무술을 배우면 인생에 많은 도움이 되거든.

우선, 건강한 신체와 뛰어난 운동 신경을 얻게 되겠지. 그러다 보면 자신감이 생겨서 무슨 일을 해도 당당할 수 있을 거야. 또한, 노력과 승부를 통해 많은 것을 느낄 거야. 언제나 나보다 더 강한 사람이 있다는 것에서 겸손함을 배우고, 결정적인 순간에 나약해지지 않는 마음도 가질 수 있겠지.

만약에 내가 다시 초등학생이 된다면 무술을 배울 거야. 몸과 마음이 성장하는 무술을!

나 그림 그릴 줄 알아!

나는 초등학교 때 미술 시간을 싫어했어. 내가 생각한 대로 그려지지 않는 게 답답했거든. 화가가 될 것도 아닌데, 왜 그림을 그려야 하는지 의문도 들었어. 그런데 그림이라는 건 다양한 상황에서 쓰이는 거였어. 공부를 할 때 지도나 인체 모양을 그릴 수도 있고, 수업에서 발표를 할 때 쓸 자료를 그릴 수도 있지.

꼭 엄청나게 잘 그려야 하는 건 아니야. 기본적인 그림이라도 그릴 줄 알면, 유용하게 쓸 수 있어.

만약에 내가 다시 초등학생이 된다면 미술 시간에 그림을 열심히 그릴 거야. 좀 부족하더라도 기본기를 키워서 나중에 어른이 돼서도 써먹어야지. 그리고 누가 "너 그림 그릴 줄 알아?"라고 물어볼 때 자신 있게 할 수 있다고 말할 거야!

멋쟁이 안경이 멋지지
않은 이유.

초등학생 때는 왜 안경이 멋져 보였을까? 나는 안경 쓴 언니들이 부러워서, 일부러 눈을 나쁘게 만들었어. 지금 생각해 보면 정말 후회되는 일이야.

지금은 시력이 너무 안 좋아져서 안경을 벗고 싶어도 늘 쓰고 있어야 해. 내 얼굴은 안경을 벗는 게 훨씬 더 멋있는데 말이야. 멋진 선글라스나 물안경을 쓰기도 까다로워지고, 라면을 먹을 때면 안경에 김이 서려서 앞이 보이질 않아. 불편한 점이 한둘이 아니라고.

만약에 내가 다시 초등학생이 된다면 눈이 나빠지지 않게 조심할 거야. 너무 가까이서 책을 보지 않고, 어두운 곳에서 TV를 보지 않고, 괜히 멋져 보이려고 안경을 쓰지도 않을래.

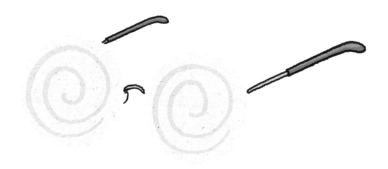

25

'고마워', '사랑해'.
쑥스러워서 하지 못했던 말들.

나는 말로 표현을 잘 안 했어. 가족들과 친구들에게 사랑한다, 고맙다는 말을 하는 것에 인색했지. 부모님이니까 당연히 밥해 주고 옷을 사 주는 거라고 생각했고, 나랑 친구니까 당연히 나와 시간을 보내는 거라고 생각했어.

그런데 어른이 되고 보니, 세상에 당연한 건 아무것도 없더라. 부모님의 사랑과 친구들의 우정은 정말 소중한 것이었어. 그리고 그건 말로 표현해야 상대방에게 닿을 수 있었지.

만약에 내가 다시 초등학생이 된다면 주위 사람들에게 꼭 이야기할 거야. 고마운 순간에는 고맙다고, 사랑이 느껴질 때는 사랑한다고 이야기할 거야. 계속 말로 표현할 거야.

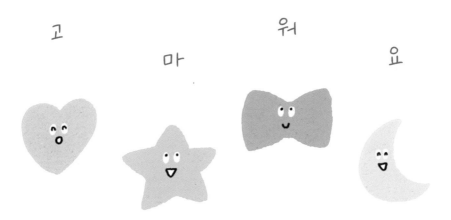

고 마 워 요

나는 양손을 쓸 거야.

양손을 자유롭게 사용할 수 있는 건 정말 멋진
일이야. 일상생활도 편해지고, 운동을 할 때도
오른손잡이보다 양손잡이가 유리
하니까! 그리고 평생 한쪽 손만
자주 사용한다고 생각해 봐.

한쪽 팔만 두꺼워지거나, 더 길어지는 등
양팔이 짝짝이가 되고 말 거야.

그럼, 어른이 된 지금이라도 양손을 쓰면 되지 않느냐고?
이건 갑자기 되는 일이 아니야. 어렸을 때부터 계속 양손을
쓰는 연습을 해야 해.

만약에 내가 다시 초등학생이 된다면
양손을 모두 사용하려고 노력할 거야.
테니스는 오른손으로 치고 야구는
왼손으로 할 거야. 그리고 글을 쓸
때는 양손 모두 사용해야지!

친구들 앞에 나설 거야!

초등학생 때 나는 TV에 나오는 멋진 춤을 연습하곤 했어. 그런데 막상 친구들에게 보여 줄 기회가 오니까 숨게 되더라. 생각만으로 얼굴이 빨개지고 몸이 얼어붙었거든. 그러다 보니, 어느새 나는 조용하고 부끄러움 많은 아이가 되어 있었어.

다들 내가 무대에 설 거라고는 상상도 못 했지. 나중에 생각해 보니, 그때 내가 용기를 내지 못한 건 준비를 제대로 하지 않은 탓인 것 같아. 연습을 애매하게 해서 준비가 덜 됐으니, 자신감도 없었던 거지.

만약에 내가 다시 초등학생이 된다면 열심히 연습해서 공연을 준비할 거야. 그리고 기회가 왔을 때 친구들을 깜짝 놀라게 해 줄 거야. 열심히 한 만큼 부끄러워하지 않고 당당하게 앞에 나설 수 있겠지?

일찍 자면 키가 쑥쑥!

나는 밤늦게까지 놀다 자는 걸 좋아했어. 어렸을 때는 잠이 얼마나 중요한지 몰랐거든. 그런데 그거 알아?

밤 10시에서 새벽 2시 사이에 잠들어야 성장 호르몬이 많이 뿜어져 나온대. 그때 잠들어야 키도 충분히 클 수 있고, 몸도 튼튼해지는 거지.

해가 뜨면 일어나고, 해가 지면 잠드는 패턴은 몸 건강에도 좋아. 아주 옛날 조상님들부터 지켜 온 자연스러운 생체 리듬이거든. 이게 어긋나면 집중력도 떨어지고 쉽게 피곤해지는 등 건강을 해치고 말아.

만약에 내가 다시 초등학생이 된다면 일찍 자고 일찍 일어날 거야. 밤의 고요함보다는 아침의 설렘을 더 좋아할 거야. 그렇다면 지금보다는 더 키가 크고 건강한 사람이 되었겠지?

콜라를 물처럼 마시면
어떻게 될까?

콜라는 정말 맛있어. 입안에서 터지는 달콤함과 짜릿함!
그래서 나는 시도 때도 없이
벌컥벌컥 콜라를 마셨지.
콜라를 마시면 그 즉시,
빠르게 기분이 좋아져.

왜일까? 강한 단맛을 느끼면, 몸 안에서
도파민이 분비되거든. 이 도파민을 수용체가
받아먹으면 기분이 좋아지는 거야. 그런데
이 수용체는 마치 숟가락과 같아.

도파민이 너무 많이 분비되면 이 수용체가 점점 작아져서
나중엔 사라져 버려. 그럼 도파민이 분비돼도 받을 숟가락
이 없잖아? 그래서 내가 더 많은 콜라를 마시게 만들어.
그리고 정작 마셔야 하는 물이나 보리차는 마시기 싫어지지.

더 자극적인 액체에 익숙해졌기
때문이야.

　만약에 내가 다시 초등학생이
된다면 쉽게 얻을 수 있는 쾌락
을 멀리할 거야. 혀끝을 짜릿하
게 하는 달콤함이 나의 행복
을 망칠 수도 있다는 것을
너무 늦게 알았어.

30 친구 그룹에 집착하지 말자.

초등학교 때 나는 친구들과 그룹을 만들어서 노는 걸 좋아했어. 내가 그 그룹에 속해 있다고 생각하면 마음이 참 편하고 든든했거든. 어른이 돼서야 알게 된 건데, 이런 느낌을 소속감이라고 부른대. 그런데 문제는, 다른 그룹의 친구들과는 딱 선을 그었다는 거야.

다른 그룹과 친하게 지내면, 속해 있는 그룹을 배신한다고 생각했거든. 그래서 내가 맘에 드는 친구가 있어도 다가가지 못했어. 정말 아쉬운 일이지.

만약에 내가 다시 초등학생이 된다면 친구끼리 선을 긋지 않을 거야. 다른 그룹의 친구, 혼자 있는 친구와도 멋진 우정을 나눌 거야.

31 어린 게 무슨 주식 투자냐고?

초등학교 때는 회사에서 월급을 받거나, 내가 사장이 돼서 손님들에게 돈을 받는 방법만 있는 줄 알았거든. 그런데 어른이 되고 나니, '투자'를 통해 돈을 버는 방법도 있더라고. 그때부터 투자 공부를 하기 시작했는데, 경험을 공부로 채우기는 힘들더라.

오랫동안 투자를 해 온 친구들이 주변에 많거든? 세상을 관찰하면서 마음을 수련해 온 그 친구들에 비하면 급하게 공부로만 알아본 나는 투자에 대해 잘 모를 수밖에 없었지.

만약에 내가 다시 초등학생이 된다면 적은 돈이라도 좋으니 직접 투자를 해 볼 거야. 세상을 보는 눈을 넓히고 마음을 수련하겠어. 경험은 정말 중요하니까!

나도 도전해 보겠어!

쑥쑥 올라가자!!

정말일까?

거절당하는 건 무섭지 않아.

나는 자존심이 무척 센 아이였어. 지는 것도, 거절당하는 것도 딱 질색이었지. 그래서 항상 친구들에게 못되게 굴었어. 내가 친절하게 대했는데, 혹시 저쪽에서 차갑게 굴면 어떡해? 그러면 내가 진 기분이 들잖아.

그래서 나는 항상 승자였어. 한 번도 진 적이 없지. 하지만 항상 혼자였고 외로웠어.

지금 생각해 보면 지는 일도, 거절당하는 일도 다 겪어봐야 마음이 단단해지는 건데 말이야.

만약에 내가 다시 초등학생이 된다면 내가 먼저 친구들에게 친절하게 대할 거야. 나를 차갑게 거절하는 친구가 있어도 실망하지 않을래. 그 친구도 나처럼 무서워서 그러는 걸 테니까!

33 다양한 스포츠를 배워 보자.

초등학생 때 내 별명은 '축구광'이었어. 맨날 축구만 하고, 아빠가 같이 배드민턴을 치자고 해도 싫다고 했지. 그런데 막상 어른이 되고 나니, 축구를 할 수 있는 기회가 별로 없더라고. 그 정도의 인원을 모으기도, 운동장처럼 넓은 공간을 찾기도 어려우니까.

안도대!

보통 친구들과 하게 되는 운동은 테니스, 탁구, 배드민턴, 골프 같은 거였어. 그런데 어른이 되어서는 몸이 유연하지 않으니까, 초등학교 때부터 배웠던 친구를 따라가기 힘들더라.

만약에 내가 다시 초등학생이 된다면 축구 외에도 다양한 스포츠를 접해 볼래. 축구 선수가 될 게 아니라면 말이야!

나만 없어!

　항상 나만 없었어. 친구들은 모두 최신 휴대폰과 게임기를 가져와 자랑하는데, 나만! 친구들은 모두 좋은 운동화와 시계를 가져와 자랑하는데, 나만 없었다고! 친구들이 부럽고, 그런 걸 사 주지 않는 부모님께 화도 나고, 아무것도 없는 내가 창피했지. 그 물건들을 갖지 못하는 그 상황이 우울하다고 생각했어.

그런데 어른이 된 지금 생각해 보면, 그 물건들을 정말 갖고 싶은 건 아니었어. 다른 친구들과 비교를 하니까 우울했던 것뿐이야.

만약에 내가 다시 초등학생이 된다면 친구들과 내 물건을 비교하지 않을 거야. 창피해하거나, 우울해하지도 않을 거야. 내가 이미 가지고 있는 것을 소중히 여기고, 내가 정말로 갖고 싶은 물건이 무엇인지 잘 생각할 거야.

어릴 때 뚱뚱한 건,
다 키로 간다고?

나는 초등학생 때 뚱뚱했어. 건강이 안 좋을 정도였지만, 별로 걱정은 없었지. '지금은 뚱뚱하지만, 나중에 필요할 때 살을 빼면 된다.'라고 생각했거든.

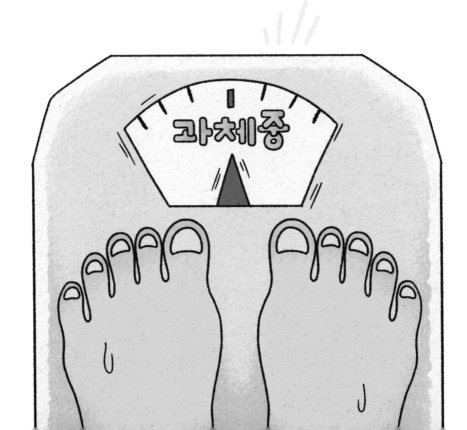

부모님도 '어차피 어릴 때 뚱뚱한 건, 다 키로 가.'라고 하셨고 말이야. 하지만 그건 착각이었어. 어렸을 때 살이 찌면, 지방세포의 크기만 커지는 게 아니야.

　세포의 숫자도 함께 늘어나. 하지만 살이 빠질 때는 지방세포의 크기만 작아질 뿐, 한 번 늘어난 지방세포의 숫자는 줄어들지 않지. 그게 무슨 말이냐고? 다른 사람보다 훨씬 살이 쉽게 찌는 체질이 된다는 거야!

　만약에 내가 다시 초등학생이 된다면 체중 조절을 나중으로 미루지 않을 거야. 건강한 음식을 먹고 열심히 운동을 하겠어.

83

36 잘나지 않으면 뭐 어때?

나는 초등학생 때 '척'을 많이 했어. 못하는 걸 잘하는 척하기도 하고, 잘 모르는 걸 잘 아는 척하기도 했어. 하루 종일 최신형 휴대폰을 자랑한 적도 있지.

지금 생각해 보면 참 부끄러운 일이야. 왜 그런 행동을 했을까? 아마도 나는 친구들에게 인정과 사랑을 받고 싶었던 것 같아.

그런데 반대로 생각해 보자. 나는 잘난 척하고 아는 척하는 친구가 좋았나? 아니야, 오히려 싫어했지.

만약에 내가 다시 초등학생이 된다면 절대 자랑하고 다니지 않을 거야. 못하는 것, 모르는 것을 창피해하지 않을 거야. 그리고 다른 아이에게 알려 달라고 부탁해야지! 인정하는 모습이 오히려 더 멋지다는 걸 알았으니까.

37

짜릿한 게임 속 세상

내가 초등학생 때 유행하던 온라인 게임이 있었어. 나는 그 게임에 푹 빠져 버렸지. 부모님 몰래 새벽까지 게임을 할 정도였다니까?

그러자 현실은 점점 더 시시하고 지겨워졌어. 게임 속 나는 능력도 좋고 잘생겨서 인기가 많은데, 현실의 나는 공부도 못하고 친구도 별로 없었거든. 그러다 현실이 더 엉망진창이 됐을 때 뒤늦게 정신을 차렸지. 하지만 중독된 뭔가를 끊는다는 건 너무 어려운 일이더라.

만약에 내가 다시 초등학생이 된다면 게임은 하루에 정해 놓은 만큼만 할래. 다른 시간에는 밖으로 나가서 직접 몸을 움직이고, 공부를 해서 현실 경험치를 쌓을 거야. 게임 속 세상보다, 현실 세상이 백배는 더 중요하니까.

38

모두가 소외되지 않는 교실.

내 손을 잡아.

초등학교 교실 안에는 보이지 않는 계단이 존재했어. 인기 있는 아이들은 저 꼭대기에, 인기 없는 아이들은 저 아래에 있었지. 인기 있는 아이들 사이에 끼고 싶어서 힘들게 계단을 올라가려는 아이도 있었고, 자기 위치를 지키느라 힘든 아이도 있었어.

나도 마찬가지였지. 자칫 잘못했다간, 저 아래로 굴러떨어질 것만 같았으니까! 그러다 보니, 소외된 친구들을 모르는 척하게 됐어. 사실, 같은 반 친구들끼리 위아래가 있으면 안 되는 건데 말이야.

만약에 내가 다시 초등학생이 된다면 소외된 친구에게 먼저 다가가서 얘기할 거야. 그렇게 같이 함께 놀다 보면, 하나가 둘이 되고 둘이 여럿이 되면서 모두가 소외되지 않는 교실이 될 테니까!

햄스터 '잘' 키우기.

초등학생 때 나는 햄스터를 키우고 싶었어. 아빠는 나 혼자 햄스터를 책임질 수 있다면 허락하겠다고 했지. 그러려면 햄스터에 대해서 많이 공부해야 한다고도 했어. 나는 그러겠다고 했지만, 막상 햄스터를 키우게 되니까 공부는 귀찮아졌어.

햄스터야
정말 미안해….

천국으로 가세요.

    심심할 때마다 손으로 만지기만 하고, 청소는 제대로 하지 않았지. 결국, 햄스터는 스트레스를 너무 많이 받아서 1년도 되지 않아 세상을 떠났어.

    만약에 내가 다시 초등학생이 된다면 아무 준비도 안 된 상태에서 햄스터를 키우지 않을 거야. 절대 함부로 만지지 않고, 청소도 열심히 할 거야. 어른이 되고 나니, 그때 내 곁에 있었던 햄스터가 너무 불쌍해. 더 행복하게, 오래 살 수도 있었을 텐데.

40

먹고 싶은 것만
먹을 수는 없잖아.

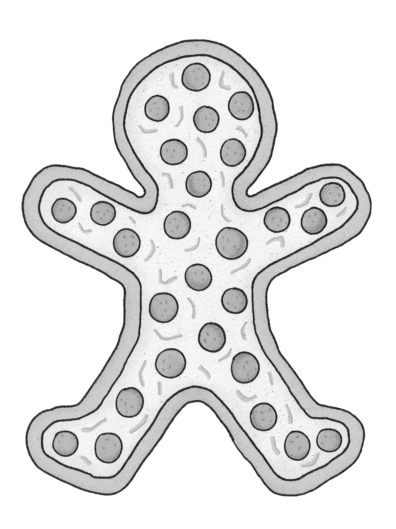

세상에는 맛있는 게 정말 많아. 과자, 아이스크림, 피자 같은 것 말이야. 나는 그런 음식을 입에 달고 살았어. 채소나 과일은 맛이 없어서 안 먹었지.

그런데 충격적인 사실 하나 알려 줄까? 내 몸은 내가 먹은 음식들로 만들어진대! 우리가 먹은 음식물은 몸속 곳곳에 세포를 만드는 데에 쓰이거든. 그러니 안 좋은 음식을 먹으면, 몸이 안 좋아질 수밖에 없겠지? 나는 어른이 돼서야 이 사실을 알았어. 하지만 이제 와서 입맛을 고쳐 보려고 해도 쉽지 않더라.

만약에 내가 다시 초등학생이 된다면 몸에 나쁜 패스트푸드나 설탕이 잔뜩 들어간 음식을 줄일 거야. 그리고 몸에 좋은 음식을 먹기 위해 노력할 거야.

나보다 잘난 친구에게
박수를 쳐 주자.

질투하는 마음은 자연스러운 거야. 사람들은 누구나 자기가 더 앞서기를 원하거든. 사자가 쫓아온다면 사슴들은 도망가야 해. 가장 뒤처진 사슴은 사자의 밥이 되겠지! 그런 생존본능이 남아 있으니 다들 질투를 하는 거야.

하지만 인간 세상은 그렇게 극단적이지 않아. 오늘 못 했으면 내일 하면 되는 거고, 수학에서 1등을 하지 못했더라도 미술에서 1등을 할 수도 있는 거지. 그런데 나는 지금 당장 친구가 날 앞서 있으니까, 친구를 질투하고 미워했어.

만약에 내가 다시 초등학생이 된다면 날 앞서간 친구를 질투하지 않을 거야. 친구의 승리에 박수를 쳐 줄 거야. 그리고 나는 나대로 열심히 노력할 거야.

42

논쟁에서 이기는 것보다 중요한 것.

논쟁은 재밌는 놀이가 될 수 있지만, 주의해야 할 점도 있어. 서로 의견을 내세우다 보면, 자존심 싸움이 되기도 하거든. 지면 바보가 될 것 같으니, 절대 지지 않으려고 하지. 그런데 왜 논쟁에서 지면 바보가 된다고 생각했을까?

토마토는 과일이다

쓰고 시큼한 맛만 나니까 채소야!

오히려 논쟁에서 지더라도, 유쾌하게 인정하면 더 멋있지 않아? 이길 생각에 상대방을 아픈 말로 공격하는 게 더 바보 같은 행동이지.

만약에 내가 다시 초등학생이 된다면 논쟁은 필요한 상황에만, 재밌는 놀이처럼 할 거야. 상대방을 배려하면서 얘기하고, 질 때는 유쾌하게 친구의 손을 들어 줄 거야. 물론 쉽지는 않겠지?

달콤하고 즙이 많으니까 과일이야!

43 쉽게 포기하지 말자!

초등학생 때 나는 바이올린을 좋아했어. 열심히 바이올린을 연주하던 어느 날, 선생님이 날 크게 혼내면서 '너는 재능이 없다'고 말씀하셨지.

나는 그때 큰 충격을 받고 바이올린을 그만뒀어. 그렇게 시간이 흘렀는데, 계속 그때 그만둔 바이올린이 생각나더라. 그래서 용기를 내서 다시 시작했지. 열심히 연습한 끝에 나는 바이올리니스트가 될 수 있었어.

하지만 아직도 바이올린을 그만뒀던 시절이 아쉬워. 고작 다른 사람 말 때문에 포기해 버렸잖아. 날 혼냈던 선생님은 나를 기억도 못 할 텐데 말이야. 그 시간에도 열심히 연습했다면 지금쯤 더 훌륭한 바이올리니스트가 됐을지도 모르고.

만약에 내가 다시 초등학생이 된다면 무슨 일이 있어도 내 꿈을 쉽게 포기하지는 않을 거야. 이건 다른 누구도 아닌 내 인생이니까!

외모로 친구들을 판단한 이유.

친구는 마음을 나누는 사이래. 그렇다면 마음이 잘 맞는 게 가장 중요하겠지? 외모는 사실 아무 상관 없는 거야. 그런데 나는 외모로 친구를 평가하고 심지어 순서를 매기기도 했어. 아무래도 예쁘고 잘생긴 애들이 인기가 많잖아. 특히 이성 친구들에게 말이야!

그래서 그런 애들 옆에 붙어서 덕 좀 보려는 마음이 있었던 것 같아. 하지만 그런 마음으로는 진정한 친구를 사귈 수 없었어.

만약에 내가 다시 초등학생이 된다면 외모로 친구를 판단하고 평가하지 않을 거야.

외모가 잘난 아이들 옆에서
이득을 보려는 마음도 버릴
거야. 그 대신 서로 마음을
나눌 수 있는 진정한 친구
를 찾을 거야.

전하지 못한 고백.

그날은 개학 첫날이었어. 소심했던 나는 아무에게도 말을 걸지 못하고 고개만 푹 숙이고 있었지. 그런데 갑자기 짝꿍이 사탕 하나를 건네는 거야.

"안녕, 우리 잘 지내보자." 그렇게 말하며 웃는데, 그 순간 그 애에게 한눈에 반하고 말았어. 그 후로 짝꿍과 얘기도 많이 하고 친해졌어. 그 애가 웃을 때면 부끄러워서 말도 더듬고 눈도 제대로 못 보긴 했지만 말이야.

나는 계속 망설이기만 하다가, 용기를 내서 고백하기로 마음먹었지.

그런데 다음 날 가 보니, 짝꿍이 전학을 간 거야. 정말 하늘이 무너지는 기분이었어. 그리고 어른이 된 지금도 그 애에게 내 마음을 고백하지 못한 걸 후회해.

만약에 내가 다시 초등학생이 된다면 늦지 않게 내 마음을 고백할 거야.

사실은 나 너를 많이 좋아했어!!!

윗몸 일으키기가
위험한 운동이라고?

나는 어릴 때 윗몸 일으키기가 좋은 운동인 줄 알았어. 그
런데 사실 윗몸 일으키기는 허리에 무리를 주는 운동이라는
사실, 알고 있었어?

사람뿐만 아니라, 대부분의 척추동물은 허리를 뒤로 구부린 자세가 건강한 거래. 반대로 앞으로 구부린 자세는 척추에 무리를 주는 위험한 자세고! 나는 어렸을 때 그 사실을 모르고, 매일 윗몸 일으키기 운동을 했어. 그 때문인지 어른이 된 지금은 허리 상태가 나빠졌어. 튼튼해지기 위해서 했던 운동이 사실은 내 허리를 망치고 있었다니!

만약에 내가 다시 초등학생이 된다면 윗몸 일으키기 운동 대신에 누워서 다리 들기 운동을 할 거야. 배에 힘을 꽉! 주고 말이야.

하나…둘…
이것도 다 허리를
위해서…셋…

5분만 더!

할 말은 당당하게!

　초등학교 때 나는 소심한 아이였어. 학교에서도 집에서도 늘 주눅 들어서 해야 할 말을 잘 못했지. 한번은 치과에서 치료를 받는데, 새로운 치아를 만들기 위해 간호사 선생님이 내 턱을 잡고 있었어.

　그런데 그때, 간호사 선생님의 부주의로 턱이 움직인 거야. 그 때문일까?

불편한 건 없나요?

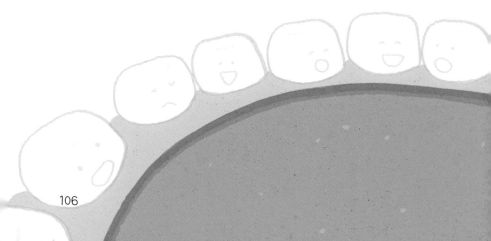

새로 만든 치아는 원래 이보다 너무 큰 것 같았지. 하지만 역시 말하지 못했어. 그리고 그 걱정은 3년 후에 사실로 드러났어. 너무 큰 치아가 들어가서, 주변 치아들이 이쪽저쪽으로 밀리며 엉망이 돼버린 거야. 그때 얘기했으면 이런 일은 없었을 텐데!

만약에 내가 다시 초등학생이 된다면 어떤 이유로든 주눅 들지 않겠어. 할 말은 당당하게 할 줄 알아야 해.

공부 잘하는 운동선수가
될 거야.

나는 리틀 야구 선수단의 단원이었어. 힘든 일도 많았지만, 하루 종일 신나게 야구를 할 수 있어서 좋았지. 그리고 또 한 가지! 공부를 대충 해도 아무도 잔소리하지 않는다는 것 역시 정말 좋았어.

야구부라고 하면 선생님도 이해해 주셨거든. 야구 선수가 되려면 성적보다 야구 실력이 훨씬 중요하니까 말이야. 그런데 내가 어른이 되어서 야구 선수를 그만두려고 하니까, 그때 공부를 나몰라라 한 게 정말 후회되더라. 공부를 열심히 했다면 다른 길을 쉽게 찾았을 텐데.

만약, 성공한 야구 선수가 되어서 평생 먹고 살 만큼 돈을 번다고 해도 마찬가지야. 기왕이면 똑똑하고 머리 좋은 선수가 되면 좋잖아?

만약에 내가 다시 초등학생이 된다면 운동을 핑계로 공부를 소홀히 하지 않을 거야. 야구 선수를 그만둬도 많은 일을 해낼 수 있는 사람이 될 거야.

다양한 장르의 음악을 듣자.

어릴 때 부모님을 따라 뮤지컬이나 클래식 공연을 보러 가는 애들을 보면 신기했어. 나는 TV에 나오는 최신 유행 K-POP이 제일 재밌었거든. 특히 기계음이 잔뜩 들어가고 반복적인 가사가 많은 노래를 좋아했어. 그러다 보니 계속 그런 최신 K-POP만 듣게 되더라.

그러다 나중에 시도해 봤지. 확실히 재즈, 뮤지컬, 오페라, 클래식 음악 같이 역사가 깊은 음악들이 주는 신비로운 느낌이 있잖아? 그런데 이제 와서 들으려고 하니까 지루하기만 하더라. 마치, 화학조미료가 잔뜩 들어간 음식에 너무 익숙해져서, 천연 재료로 깊은 맛을 낸 음식이 심심하게 느껴지는 것처럼 말이야.

만약에 내가 다시 초등학생이 된다면 어릴 때부터 다양한 장르의 음악을 들을 거야. 그러면 취향의 폭도 넓어지고, 음악을 듣는 귀도 기를 수 있을 거야.

뚜벅뚜벅, 바른 걸음.

어릴 때 나는 팔자걸음으로 걸어 다녔어. 양발 끝을 바깥쪽으로 하면서 걷는 자세 말이야. 그렇게 걷는 게 재밌고 편했거든. 그런데 어느 날 친구가 내 걸음걸이를 동영상으로 찍어준 거야.

그걸 본 나는 큰 충격을 받았지. 정말 보기 흉하더라고.

그리고 걸음걸이가 안 좋으면 태도가 건방져 보이기도 하고 어떤 옷을 입어도 예뻐 보이지 않아. 게다가 골반과 다리 모양도 틀어지지. 그런데 어른이 돼서 고치려고 하니까 정말 힘들더라. 나도 모르게 어느새 또 팔자걸음으로 걷고 있더라고!

만약에 내가 다시 초등학생이 된다면 힘들더라도 바르게 일자로 걸을 거야. 그렇게 걷다 보면 나중엔 바른 걸음걸이가 편해지겠지.

좋다가도 싫고, 싫다가도 좋은 내 동생.

나는 어렸을 때 동생을 싫어했어. 무슨 일만 있으면 엄마 한테 쪼르르 달려가서 이르는데, 정말 얄미웠거든. 그러다 사건이 터졌지. 동생이 내가 가장 아끼는 장난감 팽이를 가져가서 잃어버린 거야!

나는 너무 화가 났어. 엄마가 동생을 타이르자 마지못해 사과하더라. 진심이 느껴지지 않는 사과였어.

그 이후로 동생과의 사이는 최악이 되었지. 하지만 그게 어른이 되어서까지도 이어질 줄은 몰랐어. 나아지기는커녕, 점점 더 말을 꺼내기 힘들더라.

동생과 나 사이에는 깊은 감정의 골짜기가 생긴 거야. 다른 형제들이 친하게 어울려 다니는 걸 보면 정말 부러워. 형제는 피를 나눈 친구잖아. 그 소중함을 너무 늦게 깨달았어.

만약에 내가 다시 초등학생이 된다면 동생과 친하게 지낼 거야. 가끔 싸우긴 하겠지만, 사과도 하고 용서도 하면서 서로를 이해할 거야.

내 꿈은 뭘까?

나는 꿈이 없었어. 하고 싶은 것도, 되고 싶은 것도 없었지.
뭐든지 항상 대충, 대충. 공부하라는 어른들의 말은 듣기 싫
은 잔소리일 뿐이었어.

그렇다고 열심히 논 것도 아니야. 컴퓨터 게임도 그냥 시간을 때우려고 했을 뿐이지, 큰 흥미는 없었어.

'꿈'이라는 목표가 없어서 어떤 일도 무의미하게 느껴진 거야. 나는 그렇게 어른이 되었고, 그제야 뒤늦게 꿈을 찾으려고 했어. 하지만 생각해 놓은 것도, 열심히 해 본 것도 없으니 막막하기만 하더라.

만약에 내가 다시 초등학생이 된다면 내가 뭘 하고 싶고 뭐가 되고 싶은지 진지하게 생각해 볼 거야. 학교에서는 내가 흥미 있는 과목을 찾아볼래. 학교 밖에서는 탁구도 쳐 보고, 그림도 그려 보고, 사진도 찍어 보면서 다양한 것들을 경험할 거야!

차근차근 목표를 향해 나아가고 있구나!

1판 1쇄   2025년 01월 01일

저 자   선진호 외 100명의 어른들
펴낸곳   OLD STAIRS
출판 등록   2008년 1월 10일 제313-2010-284호
이메일   oldstairs@daum.net

가격은 뒷면 표지 참조
979-11-7079-034-1

공통안전기준 표시사항

· **품명 :** 도서 · **재질 :** 지류
· **제조자명 :** Oldstairs · **제조국명 :** 대한민국
· **제조연월 :** 2025년 01월
· **주소 :** 서울특별시 마포구 양화로12길 24, 4층
· **KC인증유형 :** 공급자적합성확인

KC마크는 이 제품이 공통안전기준에 적합하였음을 의미합니다.
책 모서리에 찍히거나 책장에 베이지 않게 조심하세요.